우기가 끝나면 주황물고기

시작시인선 0426 우기가 끝나면 주황물고기

1판 1쇄 펴낸날 2022년 6월 7일
지은이 정채원
펴낸이 이재무
기획위원 김춘식, 유성호, 이형권, 임지연, 홍용희
책임편집 박찬세
편집디자인 민성돈
펴낸곳 (주)천년의시작
등록번호 제301-2012-033호
등록일자 2006년 1월 10일
주소 (03132) 서울시 종로구 삼일대로32길 36 운현신화타워 502호
전화 02-723-8668
팩스 02-723-8630
블로그 blog.naver.com/poemsijak
이메일 poemsijak@hanmail.net

ⓒ정채원, 2022, printed in Seoul, Korea

ISBN 978-89-6021-634-1 04810
    978-89-6021-069-1 04810(세트)

값 10,000원

우기가 끝나면 주황물고기

정채원

천년의
시 작

시인의 말

끝이 보이지 않던
해열제와 마스크의 시간들

악천후에도,
악천후라서
시는 툭툭 피어났다

걷기에도 머릿속을 헤엄쳐 다니는
주황물고기처럼

2022년 6월

차 례

시인의 말

제1부

나를 막지 말아요

가슴에 구멍을 뚫으면 피리가 되지
몇 개를 막으면 노래가 되지

노래에 구멍을 뚫으면 춤이 되지
자면서도 멈출 수 없는 춤
떼 지어 다녀도 늘 혼자인 춤

구멍이 다 막히는 날
노래도 춤도 다 막히고,
막이 내리지

다음 공연은 아직 미정

케미스트리

자발적으로 두 개의 원소로 분해될 수 없는
물처럼 두 사람은 흐른다

무표정한 격막을 사이에 두고
둘은 서로를 밀어내야만 존재할 수 있는
자석의 같은 극이었을까
너무 닮아 서로를 모욕하는 사이처럼

외면한 채 마주 보는 심장은
서로에게 둥그런 피를 돌리지 못하고

남들에겐 보이고 싶지 않은 것을
자신도 보고 싶지 않은 것을
기어이 보고야 마는 눈
오후의 뇌 속에는 어떤 뾰족한 물질이 흘러나오는 것인지

성공한 듯 보였으나
결과적으로 성공하지 못한 화학 실험처럼
끝내 수소와 산소로 돌아가지 못하는 물속에서
한동안 전류가 저릿하게 흘러갔을 뿐

\>

숙성도 되기 전에 변질된 와인을 맛보며
이 맛이 아닐 텐데
이 향이 아닐 텐데
코르크 마개 탓부터 하는 사람들

화합하지 못한 이유와 결별하지 못한 이유는
어떤 화학식으로 설명될 수 있을까
번번이 같은 매듭에서 낯익은 벨이 울리고
실패해야 하는 이유, 실패해도
포기하지 못하는 이유
함께 숨 쉬는 물속에서 명징한 기포가 발생하지 않고
멜로디처럼 탄식처럼 전류가 헛되이 흐르다 멈추는 이유

부서진 계단을 지나
유리 조각 박힌 꽃담을 지나
물은 오늘도 흘러간다

물질은 비물질을 껴안고 운다

두개골 속 1.5킬로 고깃덩어리가
나는 누구인가
어디서 와서 어디로 가는가
도대체 사랑이란 게 있긴 있는가
이런저런 것들을 캐묻는다
자다가도 묻고 울다가도 묻고,
이 세상에 보이는 건 모두 가짜 아닐까
이 얼음 같은 사랑도 착각 아닐까
물질이 자유의지를 갖고 물질을 와드득 깨물고
물질과 비물질이 서로 밀고 당기고 엎치락뒤치락
꼬리에 꼬리를 무는
이 또한 누구의 희미한 기억 속일까
무중력의 공간을 달려가는 그리움은
백만 미터고 천만 미터고 거침없이 계속 달려간다
잡을 수가 없다, 그대여 슬픔이여
내 육신은 고작 백 미터도 도망치지 못하는데
생각의 꼬리에 매달려 캄캄한 우주를 홀로 유영하는
나는 누구의 꿈속에서
그림자의 그림자를 보고 있는 것일까
에포케!*

다시 동굴로 들어가자
뇌가 평생 갇혀 사는 그곳으로,
살아서는 한 발짝도 나갈 수 없는 그곳에서
낡은 세포는 다 갈아치운 새 물질로
내일은 붉은점모시나비 애벌레가 될지도 모른다

* 에포케(epoché, epokhḗ, εποχη): 고대 그리스 철학에서 판단중지判斷中止를 뜻하는 말.

모래 전야前夜, 야전野戰

까마귀가 파먹은 거북의 눈구멍
사이로 해가 지고 있다
가장 연한 부분이 가장 먼저
파먹힌다는데

후손을 남기기 위해
목숨 걸고 떼 지어 이동하는 홍게처럼
시간은 다리가 모자란다

백신이 없는 도시를 가시로 품고 있는
회오리선인장은 울퉁불퉁 풍만하고

어미 치타가 새끼에게
이미 죽은 먹이로
목을 조르는 연습을 시키는 동안
우리는 서로 리모컨을 차지하려고

털끝 하나 다치지 않고 세상을 제압하려고
품격의 무도를 배우던 사람들
공중 발차기를 하려던 사람들

>
나방은 경전 한 페이지에
날개가 끼여 말라 죽었다
금빛 몸 가루가 묻어 있는 곳
어디까지가 안이고 어디가 밖인지
알 수 없다

블랙 아이스

한번 녹았던 마음이 다시 얼어붙으면 흉기가 된다
그림자 속에서도 애써 꽃을 피우다가
화분을 내동댕이치다가

눈보라 치는 밤, 얼어붙은 기억의
터널을 지나면 교각이 있고, 교각을 지나면 또 터널이 있다
울음소리도 미끄러지는 터널을 지나
허공에 걸려 홀로 떨며 서 있던 그림자

터널에서 무심히 달려 나오는 생명을 받아 안아
검은 이빨로 아작 내는 허공의 검은 아가리

응달에서 오래 떨며 너를 기다렸어, 내 얼어붙은 팔다리를
꺾어서라도 너를 안으면 너의 목을 조르면, 너의 뜨거운 피
로 얼어붙은 나를 녹여 줄 수 있겠니?

급커브를 돌자마자 마주치는 얼굴
먼지와 눈물이 함께 엉겨 붙은 검은색
살짝 젖어 있던 얼굴이 돌연
꽃 모가지에 얼음 송곳니를 꽂는다

\>

누가 걷어찬 화분일까
산산이 부서져 중심이 잡힐 때까지
제 칼날로 저를 멈추기까지
제동 거리가 예상외로 길었다

맘껏 타오르지 못한 불은
재 대신 얼음을 남긴다
모든 얼음은 한때 불이었다

감염

치료 약도 백신도 없는 전염병처럼
사랑이 들끓어도
죽진 않았지

아니, 죽은 사람이 없다는 건 아니지
숨도 쉬고 커피도 마시고 장사도 하지만
다만 열은 내렸지만

사태 이전보다
영혼의 눈이 십 리쯤 들어간 사람
오랜 세월 굳어진 돌덩이처럼
다시는 모래로 흩어지지 않으려는 눈빛을 가진

너를 읽고 난 후
밤이라는 바이러스에 감염된 후
다시는 강 건너로 돌아가지 못한다

참호도 대포도 없는 전장에서
나는 죽도록 달리다가 죽겠지만
아니, 운 좋게 살아남는다 해도

\>

이전과 이후 사이

꿈쩍 않는 강화유리 벽에 몸을 던지고

또 던지다 잠을 깰까

해열제에 취해

일상으로 돌아가지 못하는 일상 속에서

정지 신호 지나

누군가 다가오면 멀리 돌아서 가는 길

투병

붉은 파도가 반쯤
눈물이 반의 반
그리고 성분을 알 수 없는 불투명한 물질이
이리저리 몰려다닌다, 몸 깊은 곳
순간순간 그들이 섞여지는 비율에 따라
아침엔 어깨가 결리고
밤에는 심장이 아프다
오늘도 누군가 입을 벌려 돌을 던진다
돌이 만드는 파문에 불투명한 물질이 쏟아지고
눈물이 몇 방울 떨어지고
붉은 파도가 방파제를 뛰어넘는다
돌팔매가 돌팔매와 만나 또 다른 돌팔매를 부르는 이면
도로,
가슴이 욱신거리고
박동이 빨라지다가 실금이 간다
네가 지금 무슨 생각을 하는지 그 틈으로 다 흘러나와
서로의 상처를 손가락질하는 구부러진 적의들, 성혈로
빚어진
상처투성이 인간들이 흉터 없는 타인을 갈망하는가
세상은 목마른 내 손바닥에 금 간 잔을 올려놓는다

그러나 어쩌다 오늘은 황금 비율?
뇌우가 그쳤다 다시 몰아쳐도 맥박이 일정하고
돌이 날아오는 방향을 알 수 없어도
혈압이 오르지 않는다, 약간의 어지럼증은
고독을 텅 빈 흉곽 안에 걸어 잠그기에 효과적이다

썩어도 건치

이빨 하나도 빠지지 않은 두개골이
눈구멍 속으로 나를 빨아들인다
그가 끼었던 반지와 팔찌와 목걸이들
함께 싸늘히 진열된 채
나를 파고 또 판다

썩지 않는 구멍들
그 고리 속으로 나를 휘돌린다
나를 가둔다

죽어서도 출토되지 않는 집착이 있어
살 뜨거운 것들을 씹어 삼키려는가

이빨 하나도 잃지 않은 너는
어쩌다가 살부터 다 빼앗기게 되었나

영영 흙이 되지 못하는
흙투성이 황금 반지와 팔찌만 거느린 채
제 안에 묘혈을 파고 또 파는

>
산 자와 죽은 자가 팽팽하게 마주 보고 있다
결코 한 발짝도
건너편으로 끌려가지 않겠다는 듯이

서로에게 한없이 끌려가는 듯이

피의 등고선

광선은 손마디의 뼈와 반지를 통과하지 못했다
감광판 위에 하얀 그림자를 남겼다
문 열고 들어가도 볼 수 없는 너의 내부
그 길을 지나간 발자국, 지문, 혹은 죽은 새의 깃털

바람에 휘날리는 오색의 룽다처럼
네 안에서 세차게 흩날리는 것
역풍과 마주하며 젖은 얼굴을 감싸는 것
끝까지 닿을 수 없는 곳을 향한 목마른 손짓 같은 것

죽은 예수의 몸을 감쌌던 수의처럼
지울 수 없는 피 얼룩이 번져 있는 것

성배는 처음부터 없었다고 우기면서도
끊임없이 성배를 찾아 헤매던

살과 피를 밟고 나온 시간이
고뇌에 찬 네 얼굴에 남기고 가는 건
하품하듯 입을 크게 벌린 하얀 해골뿐일까

>
그 가도 가도 끝이 안 보이는 터널 속으로
출구를 찾지 못한 새 한 마리
벽에 머리를 부딪치며 울부짖던
노래의 살점들이
내 살 속에 피의 등고선을 그려 놓았다

정면성의 원리[*]

앞을 보면서
뒤까지 보기 위해
목은 꽈배기가 되어 가고 있다
끊어지기 직전

눈앞에 보이는 것이 아니라
배후에 숨어 있는 것이
뼈를 때리는 건 왜일까

펄럭이는 가슴이 앞을 볼 때
얼굴은 늘 옆을 보는 건
옆모습이 더 자신 있기에?

쉬지 않고 떠나가는 시간을
호시탐탐 달아나는 사람의 뒷모습을
끝까지 지켜볼 자신이 없어

옆으로 돌린 얼굴에
눈동자는 아직도 물고기처럼 정면을 보고 있다

\>

검은 눈동자가 하얗게 바랠 때까지
목이 끊어질 때까지

갈가리 찢긴 형상으로만
형상 너머로 갈 수 있다고
없는 불멸의 모자를 힘껏 눌러쓰고

* 정면성의 원리: 고대 이집트 회화에 적용된 규칙.

우기가 끝나면 주황물고기

쉬지 않고 내리는 빗물이 사막에 수백 개의 호수를 만든다. 우기가 끝나면 가장 깊어지는 수심을 들여다본다. 떨어져 있는 호수와 호수가 하얗게 타는 모래 밑에서 서로의 냄새를 더듬는다. 바다에서도 본 적 없는 주황물고기가 헤엄쳐 다니는 사막 호수, 석 달이 지나면 사랑은 말라 버리고 모래에 처박힌 바퀴는 점점 더 꼼짝달싹 못 할 것이고.

모래바람 속으로 눈썹에 내려앉는 모래를 깜빡이며 걷고 또 걷는다. 건기 뒤에는 우기를, 우기 뒤에는 건기를 마련한 건 누굴까?

그러나 건기를 지나도 또 건기, 우기를 지나도 또 우기, 그런 마을도 있다. 모두가 메말라 기억의 핏줄까지 마른 잎맥처럼 부서져 허공으로 흩어지던 마을, 혹은 젖고 젖고 푹젖어 푸른곰팡이가 수국 꽃송이가 되다 쉰 밥덩이가 되다 수심 알 수 없는 웅덩이가 되던 마을, 모두가 제 안에 익사해 통통 불어 터지던 마을, 살아도 살아도 살아 본 적 없는 사람들이 죽어도 죽어도 죽어 본 적 없는 얼굴로 분노의 고무줄을 계속 잡아당기던 마을, 의심을 풍선처럼 계속 불어결국 터져 버리던 마을, 욕망을 계속 가열해 사랑하는 이들

을 다 태우고 깨진 유리창과 검은 재만 남기던 마을, 간신
히 살아남은 사람들이 도망치듯 떠나온 그곳.

  우기가 끝날 즈음, 도망쳐 온 사람들의 사막에 피어나는
석 달 동안의 오아시스. 짧은 천국은 서서히 말라 가고 갈라
터진 바닥을 보이겠지만, 얼핏 본 주황물고기는 사람들 머
릿속에서 계속 헤엄쳐 다니겠지, 다음 우기를 기다리면서.

걱정 인형

걱정의 활용법을 알려 줄게
걱정은 헤엄을 잘 쳐
조금씩 핏줄 속으로 흘러 들어가
하늘을 떠받치고 있어
하늘이 무너지기 전
잠시 문자를 보내려 자리를 뜬 사이
책장이 무너져 내렸지
부러진 시곗바늘을 껴안고 잠들었지
꿈속에선 만나는 얼굴마다 다리가 부러져 있고
빗길을 절룩이며 끝없이 걸어가지
젖은 옷은 마르기 전에 다시 젖고
마주 잡는 손마다 축축하지

부은 발을 뜨거운 욕조에 담근 후
한숨 푹 자고 나면 잊힐 겁니다

간신히 입꼬리를 올린 후
손을 흔들며 멀어져 가는 사람들
이불을 머리끝까지 뒤집어쓰고 내가 잠든 동안
새벽까지 쉬지 않고 걸어도 나는

집에 당도하지 못하네

다 지나갈 겁니다
너무 걱정하지 마세요

긴 가뭄 속에도 빗길을 절룩이며
날마다 새로 태어나는 걱정을 품에 꼭 안고 가네
푸른곰팡이가 꽃처럼 피어난 그의 볼을 한 점씩 떼어 먹으며
젖은 기억의 머리칼을 한 올씩 뽑으며 가네
걱정이 마를까 봐 걱정이네

미스 캐스팅

극장이 떠나가라 웃다가 갑자기 얼굴이
와장창 깨어지며 눈물이 솟던
너는, 잘못 날아온 돌멩이였어

무대 뒤에서 지켜보던 감독은
손거울을 내던졌지, 조각난 얼굴들이
난생처음 보는 표정으로
세상 끝까지 따라다닐 듯 이를 악물고

이봐, 얼른 모자를 써
장갑을 껴, 틈새를 막아야지
상처는 그렇게 아무 데서나
뜯어 놓는 게 아니야, 불개미가 쏟아지잖아
지네가 기어가잖아

어느 틈에 객석 여기저기 기어 나오는
겹눈과 다족의 기억들
그 늪에 빠졌던 너는 내가 밀어 넣은 게 아니었어
울부짖으며 내밀던 내 손을 뿌리친 건 바로 너였던 거니?
빗길에 횡단보도를 건너던 그녀를 받고 달아난 건 그였

던 거야
피 흘리며 쓰러진 사람을 그대로 두고 엑셀을 밟았지

못 봤어, 취해 있었어, 눈알이 붉게 터지고
터지는 비명에 제 입을 틀어막는 예약석
박차고 일어나야지, 이 지정된 어둠을 부수고 빠져나가야지
그래도 극을 끝까지 보고 싶어, 아니
무대로 뛰어올라 저 배우 대신 주연을 해야겠어
나를 가장 잘 연기할 수 있는 건 바로 나야
아니야, 네가 먼저 내게 돌멩이를 던졌잖니
다시는 펴질 수 없게 우그러뜨렸잖니
어서 막을 내려 다오, 불개미야
오 한 번만 다시 시작하자, 내 사랑 지네야

졸다 깨는 시장

　물고기를 사러 야채 시장으로 갔다. 썩은 배추 껍데기가 산더미처럼 쌓인 울타리를 벗어나자 물고기를 파는 좌판이 보였다. 그러나 물고기는 거의 다 검은 아가미에 검붉은 눈동자, 아주머니들은 썩어 가는 표정을 간신히 추스르고 있었다. 어떤 이는 쉬지 않고 부채질을 하고 있었다. 등 뒤에서 선풍기가 돌아가고 있는데 계속 부채질을 하는 사람들, 그래도 쉬지 않고 썩어 가고 있었다. 썩어 가는 눈을 끔벅이고 있었다. 썩어 가는 아가미로 찢어지게 하품을 날리는 사람들 지나간다. 아주머니들은 졸다 깬 듯 소리를 질러 댄다. 떨이에요 떨이, 이거 다 만 원에 가져가요. 다 가져가요, 하나도 남김없이. 슬픈 표정의 물고기들, 썩어 가도록 아무에게도 팔려 나가지 못한 자들의 지루한 기다림이 바람이 불 때마다 썩은 내를 풍기고 있었다. 멀리서 누군가 싱싱한 야채를 차에 가득 싣고 있었다. 곧 발효 식품이 될 푸른 잎들, 바람이 썩히기 전에 스스로 썩어 향기를 잃지 않으려는 것들. 푸릇푸릇한 손을 흔들어 대고 있었다, 너나 나나 썩는 건 모두 시간문제라는 듯.

제2부

꽃 피는 단춧구멍들

단춧구멍이 모자라네 어디서부터 잘못 끼운 걸까 중간부터 아님 처음부터 그래 처음부터 다 풀어 처음으로 돌아가 백만 년 전으로 돌아가 처음부터 다시 울고 처음부터 다시 싸워 처음부터 다시 사랑해 이미 사라져 다시는 만날 수 없는 그 막다른 골목으로 돌아가 무너진 계단을 다시 일으켜 세워 다시 껴안아 다시 뛰어내려 다시 시작해 처음부터 다시 단추를 끼우기 시작해 둘 셋 오백 끼워도 끼워도 끝이 없더라도 세상이 하나의 이글거리는 단춧구멍일지라도 다시 기어가 다시 엎드려 다시 고백해 내가 그 바람을 잘못 엎질렀어 내가 그 꽃병을 잘못 사랑했어 백만 년 전부터 그 무덤을 내가 발로 찼어 내가 우그러뜨렸어 내가 깨뜨렸어 너의 노래를 내가 버렸어 너의 편지를 내가 구겼어 읽지도 않은 너를 강물에 던졌어 낮이고 밤이고 조각조각 찢어 떠내려 보냈어 단춧구멍을 다 막았어 다 어긋났어 아무것도 짝이 맞지 않아 천 개가 남고 만 개가 모자라 다시 돌아가 백만 년 전으로 돌아가 돌아갈 수 없으니까 돌아가 단추를 다 풀어 천 번 죽기 전부터 만 번 태어나기 전부터 그래 처음부터 다시 끼워

자동인형의 편지

비통하지도 비열하지도 않은 이 거리
구겨진 거울 뒤에 숨어
발뒤꿈치나 반쪽, 혹은
이어폰 꽂은 한쪽 귀나 슬쩍 보여 줄 뿐

심장이나 콩팥은 처음부터 없는
플라스틱 물광 피부나
이따금 랜덤으로 깜빡이는 속눈썹이 있지
흔들림을 모르는 눈동자 위에서

순종밖에는 모른다는 듯
입력된 악보에 따라 건반을 누르던 18세기 인형처럼
지치지도 않고 하품도 모르는 무한 반복은 아니지만

죽은 딸과 꼭 닮은 인형을
여행할 때도 품고 다녔다는 데카르트가
이해될 때도 있지

태엽을 감고 정교한 톱니바퀴를 돌려도
운명을 누그러뜨릴 순 없다고, 아니

누가 먼저 고장 나는가 그건 순전히 우연이라고

고개를 끄덕이다 가끔 한숨도 쉬며
글씨 쓰는 인형들이 밤새워 편지를 쓰지
해답을 찾지 못하고

과부하가 걸린
인형들이 좌회전 우회전 좌충우돌
거울의 파편이 사방으로 튀고
꽃 피는 클라이맥스에 도달하는 순간
장막 뒤에서 졸며 페달을 돌리던 감독이
드디어 호루라기를 불며 등장하신다

극은 이제부터 시작이다

넝마주이 사랑법

시간의 넝마를 주워다
솔기를 꿰매고 속을 채우고

너와 꼭 닮은 인형을 만든다
너의 숨소리까지 들리는 듯

내가 잠들면 너는 깨어나
오래된 서랍을 열고 꽃을 피운다
네가 쓰러져 있는 동안
나는 잠시 맑은 정신으로 창문을 닦고
책상 앞에 앉는다

바람 없는 날에도
네 옆구리에서 모래가 흘러내리고
젖은 한쪽 팔이 물풀처럼 휘적이다
바닥으로 툭 떨어져 내리고

우리의 백 년 묵은 천 년 묵은 넝마까지 구해 와
네 찢어진 상처에 덧대고 꿰매는 밤
바늘이 지나가는 곳
피가 번지는 곳은 내 가슴이다

울음주머니

이미 죽었는지도 모르고
허옇게 부풀어 오르기 시작했는지도 모르고
죽은 짝을 여전히 안고 다니는
무당개구리를 본 적 있다

울음이 너무 부풀어 온 천지가
자욱한 밤안개로 뒤덮이는지도 모르고

가슴이 터질 듯
한껏 부풀려 짝을 부르는
무당개구리

세상은 누구의 울음주머니일까
당신의 울음통 안에서 해가 지고

이젠 놓아라, 놓아라

해가 다시 떠오른다

불멸의 온도와 습도

장기는 전부 제거하고
화학 목욕을 시켰지

불그스레 좋은 혈색은
내가 바라볼 때만 그런 걸까
뒷거울에 비친 그는 늘 푸른 얼굴

푸르게 죽어 있으면서
푸르게 살아 있지
2천 년 전 죽은 여인의 탄력 있는 피부를 만져 본 그때처럼

애도는 적정 온도와 습도를 지켜야 해

기억의 내벽에 구멍을 뚫고 등잔을 켜 놓았어 불빛에 벽화
가 어른어른 밤새 내 안을 긴 다리로 걸어 다녔지
    아침 햇살이 등잔을 훅 불어 끄기 직전까지

    바람 부는 밤이면 벽돌을 한 장씩 빼어 내, 어느새 두 장
이 세 장이 되고, 벌어진 틈으로 불멸이 살며시 드나들 수 있
을 때까지

그 틈으로 하얀 향훈이 새어 나올 때까지
슬픔이 그 입김에 몸을 숨길 수 있을 때까지

내 장기는 다 빼내고 뇌만 남겨 두었지
화학 목욕을 시키지 않아도
기억은 썩지 않아
뒷거울로 보면 뒤통수가 늘 푸르게 살아 있지
푸르게 죽어 있지

두꺼비 아니면 송장개구리

두꺼비들이 떼 지어 이동하다
개구리들과 마주쳤네
누군가는 불길한 전조라 수군거렸고
누군가는 룰루랄라 가던 길 갔네

두꺼비와 개구리는 지금 번식의 시간
집을 떠나 짝을 찾아 뛰다가 넘어지다
방향을 틀어 같은 길로 가거나
어느 길은 엎친 데 덮치거나

겁에 질린 두꺼비도 짝짓기를 하고
울음주머니를 부풀려 연방 울어 대던 개구리도
마침내 살림을 차리네
언젠가 퇴화된 꼬리처럼
뇌도 서서히 없어지게 될까

두꺼비는 점점 개구리가 되거나
앞만 똑바로 보고 달려가는
두꺼비는 언제까지나 두꺼비
어떤 놈은 하품을 하고

어떤 놈은 눈물을 흘리다
배를 뒤집고 죽는시늉도 하지만

우리는 변온동물, 이별 후엔
여름잠이나 겨울잠을 자네
비바람 속일지 아지랑이 속일지
누구도 예측할 수 없는 어느 봄날
두꺼비로 개구리로 깨어나려고

울고 싶은 자

먼바다에서 돌아온 민어들
꺽꺽, 울음소리에
잠을 설치는
초복 무렵

텅 빈 대통을 바닷물에 담그고
귀를 가져다 댄다
울음 가장 깊은 곳에
그물을 드리운다

수만 마리의 짱뚱어와 농게가
갯벌에선 오늘도 캄캄한 구멍을 뚫고,
바다 밑 산발한 말미잘은
어리둥절 다가온 어린 민어를 온몸으로 꼭 껴안아
숨을 끊어 놓는데

참을성 없는 자가
참을성 더 없는 자를 잡아 올리는 갑판 위,
먼저 칼끝으로 아가미를 찔러
아우성치는 피를 빼 준다

>

얼음 상자 속에 염한 울음은 더 이상 흘러나오지 않을 것이다

울고 싶은 자에겐
웃음소리도 울음소리로 들린다고

부레에 공기를 잔뜩 집어넣고
물결에 몸 맡긴 채 꺽, 꺽,
어쩌면 민어는 웃고 있었던 게 아닐까
연분홍빛 살이 더 달고 단단해지는 동안

미제레레 노비스[*]

부상당한 광대는
무대에서 내려와 절룩절룩
밤의 팔짱을 끼고 걸어간다
짝짝이 발자국에 고이는 짝짝이 달빛

서커스의 소녀는
머리 위로 팔을 번쩍 들어 올리고
기둥에 묶인 마녀처럼
환호 속에 매일매일 처형당하고

창녀들은 불 밝은 창가에 옹기중기 모여 있다
집은 저 좁은 골목 어느 쪽으로 꺾어지나
해골의 눈구멍처럼 캄캄한
빈집 창문들

식어 버린 용암빛 하늘과
분출하는 마그마처럼 붉은 땅 사이
얼굴이 지워진 남자들은
어디론가 바쁜 척 돌아가고

>
스테인드글라스 예수는
아침마다 조각조각
찬란하게 부서진다
무릎 꿇은 자들의 머리 위로

살아서 미처 불태우지 못한
수백 점의 '미완성'
화가의 아틀리에에 남아 있다
끔찍한 것은
결코 만족할 줄 모르는 것[**]

고통은 완성되지 않는다

하루에 두 번 씩은 춤을

어디론가 떠나려는 사람들과
어디선가 막 도착한 사람들

누구도 영원히 한곳에 머물지 않는 건
일관성의 문제가 아니다

매일 9시에 인형이 나와 춤을 추는
역사의 시계탑 아래
새벽 기도를 마친 사람들
모자를 쓰고 가방을 끌고 우산도 없이
빵 가게 앞에 길게 줄을 선 사람들

춤추는 인형을 기다리다
더 기다리지 못하고 떠나는 사람들과
기다리지 않았어도 약속한 듯 마주쳐
잠시 함께 춤추다 스쳐 가는 사람들
사과 한 알을 쪼개 나누고
몇 알의 사탕을 부스럭거리며 껍질째 건네다
문득 시계를 바라본다

>
광장에는 역이 있고 상점가가 있고 그 뒤엔 교회가 있고
그리고 병원이 있지만

비가 오나 눈이 오나
적어도 하루에 두 번은 춤출 수 있는 인형처럼
캄캄해져도 아파도
떠나지 않는 사람들, 시계 뒤에 못 박혀
때를 기다리는 사람들은 생각한다

먼저 떠난 사람들은 지금쯤
천만 광년 떨어진 나라
어느 먼 시계탑에서
종을 치거나 북을 치고 있을까

지난밤에도 한밤중 자다 깨어
느닷없이 춤을 춘 사람이 있고
팽팽한 대낮 뙤약볕 아래
주차 문제로 처음 보는 사람과 드잡이를 하다 말고
한숨 쉬며 춤을 춘 사람이 있다면

\>

먼저 떠난 사람들이 아득히 먼 별에서

제 흩어진 뼈마디를 모아

치는 종소리가 들렸던 것이다, 시도 때도 없이

누구든 떠나야 할 이 별에서

탈옥

8개월 넘게 침대 밑으로 땅굴을 파고 감옥을 탈출한 사형
수가 탈옥한 지 한 달 만에 목을 매 자살했다.

다시 수감될 것을 겁내서였을까?
아니면 더 이상 팔 땅굴이 없음에 절망한 것일까?
땅굴을 파 봤자 더 이상 가고 싶은 곳도 없다는 사실,
가 봤자 다 거기가 거기라는 사실, 손바닥 안이라는 사실

감옥 안이 벼랑이고
감옥 밖이 더 벼랑이고

조마조마 땅굴을 팔 땐 목표가 있고
더 팔 땅굴이 없을 땐 목표마저 없고

감옥 안은 유리구슬 속이고
감옥 밖은 유리구슬에 비친 유리구슬 속이고

구슬 속에서도 이따금 꽃 피고 새가 날개 치는
지구의 땅굴은 파 봤으니
이젠 다른 별로 출장 갈 차례?

전신거울 파는 곳

코를 비추면 무릎이 지워지는 아침나절과
옆구리를 비추면 머리가 사라지는 저녁

겨우 얼굴과 상반신만 비추는 거울이 걸린
현관을 지나

밖엔 태풍주의보
우산을 써도 우산을 쓰지 않아도
전신이 젖을 때

이 도시에 불시착한 사람들은
보송보송하던 날들을 떠올려야 할까
마냥 쏟아지는 비를 즐겨야 할까

살이 부러진 우산을 여전히 움켜쥔 채
패잔병처럼 비를 피하러 들어선 곳이
전신거울을 파는 곳이라니

머리끝에서 발끝까지
숨고 싶어도 숨을 곳이 없다

타인의 눈동자 속에서
살이 부러진 표정이 번들거리고

서둘러 집으로 향한다
물을 뚝뚝 흘리며 들어서도
반신은 숨길 수 있는 곳
젖은 손을 비추면 부르튼 발을 숨겨 주고
구겨진 셔츠를 벗으면 뜨거운 미역국을 한 대접 내어 주는

제3부

비로소 꽃

꽃은 뒤에서 봐도 꽃이고 거울 속으로 몰래 훔쳐봐도 꽃이고 비대면으로 봐도 꽃이다. 밥을 먹다 봐도 꽃이고 말다툼을 하다 봐도 꽃이고 걸레질을 하다 봐도 꽃이다.

내려다봐도 지고 있고 올려다 봐도 지고 있다. 코미디 쇼를 틀어 놓고도 지고 있고 수염을 깎으면서도 지고 있고 자다 깨어 새벽까지 뒤척이면서도 지고 있다. 꽃을 버리면서 꽃은 꽃이 되고 있다.

우리 집 신발장 옆에 놓인 꽃은 일 년 전에도 피어 있었고 어제도 피어 있었고 오늘도 피어 있다. 언제나 활짝 피어 있는 꽃은 꽃이 아니다. 질 줄도 모르는 건 꽃이 아니다.

나는 피었다가 기필코 지는 꽃을 사랑한다. 지는 모습을 감추지 못해 슬퍼하는 꽃을 오래 사랑한다. 지면서도 웃음을 잃지 않는 꽃을 더 오래 사랑한다. 피기도 전에 져 버린 꽃을 두고두고 잊지 못한다. 패색이 완연한 계절, 내 안에 너는 아직도 피어 있다. 비로소 꽃이 되었다, 서로에게.

자루는 없다

그 자루를 한 번도 본 적은 없지만 이야기를 하도 많이 들어서 마치 내 안에 넣고 다니는 듯도 하다 자루 속에는 콩이 가득 들어 있다는 말도 있고 말똥만 가득 차 있다는 말도 들은 것 같다 한밤중이면 말똥은 말로 바뀌어 거친 숨소리를 내며 좁은 자루를 뚫고 나갈 듯 달리고 달리다가, 아침이면 말똥만 수북이 남겨 두고 어디론가 홀연 사라진다고 한다 나는 그 자루를 찾겠다고 기어이 그 안에 든 것을 밝히고야 말겠다고 몇백 년째 이렇게 밤잠을 설치고 있다 TV를 보다가도 화장실에 있다가도 어디선가 못 듣던 말소리가 나면 부리나케 뛰어나온다 두리번거린다 자루가 나타났나 보다 드디어 껍질을 깼나 보다 마침내 그분이 오셨나 보다 그러나 어디에도 자루는 없다 천년 사찰에서 혹한에 면벽을 하던 노스님도 끝내 자루를 만나지 못했고 두개골 속에 도서관을 세웠다던 그 철학자도 끝내 자루를 거머쥔 적은 없다 그러나 그들이 세상을 떠났을 때 그토록 애타게 찾아 헤매던 그들의 자루도 함께 세상을 떠났다고 한다 내가 찾는 자루도 내가 이 세상 떠나는 날까지 어디선가 나를 자꾸 부를 것이다 밤마다 말똥만 한 자루 남겨 놓고 떠날지라도 쉬지 않고 내게 말을 걸어올 것이다 나는 이따금 그 말을 받아 적는 것으로 타는 갈증을 달래며 산다

연금술사

눈을 뜬 채 한잠 자고 나면
읽던 책 몇 페이지가 금으로 변하는 날이 있었어

그러나
울다 잠든 다음 날 아침이면
그 자리엔 표지가 구겨진 책 한 권이 놓여 있었지

반쯤 타다 만 책을 끼고
비 오는 거리를 걸어 다녔어
죽음처럼 다정한 빗방울

불타는 빗방울
옷걸이처럼 목이 꺾어진 빗방울

세상의 뒤통수가 두 개로 다섯 개로 보이는 날
비에 젖은 책장을 넘기다 잠든 다음 날
밤새 노랗게 불탄 머리카락이
금실금실
베게 위에서 기어 다녔지
토스터에서 방금 튀어나온 따끈한 태양을 향해

만능 접착테이프

바람벽에 선반을 붙이고, 그 위에 쌀 10킬로를 올리고, 그 위에 시름 10킬로를 더 올려도, 절대 떨어지지 않는 건 강력 테이프 덕분이다. 마음속 비탈에 코끼리를 붙이고, 하마를 붙이고, 도깨비를 붙여도, 쉽사리 벼랑으로 굴러떨어지지 않는 건 강력 테이프 때문이다. 걸핏하면 병상에서 굴러떨어지는 아버지, 그제도 굴러떨어져 골반에 금이 간 구순의 아버지가, 어제는 밤새 숙면을 취한 것도, 알고 보면 다 강력 테이프 덕분이다. 요즘은 꿈마다 부처인지 예수인지의 손을 잡고, 한 번도 가 본 적 없는 나라의 산으로 들로 구경을 다녀온다는 아버지, 아버지가 아직도 이승이라는 병상에 머무는 건 그들이 보내 준 강력 테이프 때문이다. 아버지보다 두 살 많은 어머니, 5년 전에 병상을 떠난 어머니가 아직도 아버지의 병상 곁을 떠나지 못하는 건, 아버지에게서 빌려 쓰고 갚지 못한 강력 테이프 때문이다. 회사를 8번 퇴직하고 주량이 점점 늘어 가던 삼촌이 오십을 넘기지 못하고 병상을 떠난 건, 테이프가 모자란 때문이다. 홈쇼핑에서 파는 테이프가 아니라 하늘에서 직접 보내 주는 테이프가 모자라면 즉시 기도로 주문해야 한다. 무료로 총알 배송, 새벽 배송이 안 되면 유료 배송이라도 주문해야 하는데, 삼촌은 그 배송비를 아끼려다 어느 새벽 심장이 멈추어

병상을 아주 떠나 버렸다. 생전에 그토록 원하던 전망 좋은 창가의 병상으로 꿈꾸듯 떠나 버렸다. 유품 정리를 하던 나는 그의 창고에서 포장도 뜯지 않은 강력 테이프를 몇 상자 발견했다. 창고에 넣어 둔 걸 깜빡했던 것인지, 더 이상 꺼내고 싶지 않았던 것인지, 만능이라 믿지 않았던 것인지 이젠 확인할 길이 없다.

족보 없는 땅콩고양이

그는 강낭콩도 쥐눈이콩도 아니다. 녹색도 붉은색도 아니다. 땅과 콩 사이에서 하루에도 오백 번씩 오르락내리락한다. 뜬금없이 머리도 꼬리도 없는 뜬구름을 타고 날아다닌다. 개도 고양이도 아닌 그가 이따금 개소리를 하다가 빡빡한 내 스케줄을 할퀴기도 한다. 담장 위에서 훌쩍 뛰어내린 그가 눈에 불을 켜고 밤을 찢는 소리를 들은 적 있다. 심연에서 울려 나오는 신음도 울부짖음도 아닌 것이 나를 찢은 적 있다. 아니야 아니야, 이 밤이 지나고 새날이 오면, 땅콩도 아닌 것이, 고양이도 아닌 것이, 그냥 고소하고 동글동글한 것이, 뼈 속 구슬이 되려다 만 것이, 내 품에 안겨 입이 찢어지게 하품을 하겠지. 더 이상 내 안에서 허락도 없이 뛰어나와 내 맘을 찢진 말아 줘.

귀貴생충

20년 전통의 보쌈집에서 삼겹살의 원산지를 속여 팔았다지 아프리카산이든 방글라데시산이든 한국산이든 삼겹살은 오겹살이 아니고, 단백질은 다양한 표정으로 피가 되고 살이 된다네 횡격막을 짓누르는 사랑이 되고 눈물이 되다가 무계획의 재채기가 되어 당신에게 갈 수도 있겠지 때로는 복부 지방이 분해되어 정보화 시대의 새로운 인식이 되고 바이러스를 무찌르는 뒷심이 되면 좋겠어 숲을 더듬고 계곡을 가로지르다 다 계획이 있다는 듯, 아무 계획도 없이 갑자기 벼랑으로 떨어져 내리는 나날, 확진자가 되어 비말을 흩뿌리며 부서져 내리는 폭포여

그런데 방글라데시산 삼겹살 식후의 폭포는 냄새가 다르다는 걸까? 108계단 아래 반지하에서 사회적 거리를 두고 봐도

평일

하루에 몇 번 덮어쓰십니까?

수도 없이
수치심도 없이

다시 맨얼굴로
맨발로
하루에 몇 번 달아나십니까?

130만 명을 학살한 아우슈비츠도
평범한 붉은 벽돌집이었고

이웃을 토막 살인한 그 남자도
두 아이의 평범한 아빠였다

오늘도 또 하루
이름 없는 날이 평화롭게 지나가는데

쾌청하던 얼굴에
느닷없는 돌풍과 눈사태

>
하루에 몇 번 묻히십니까?

다시 살아나기 위해
영영 죽으십니까?

이따금
비릿한 바람이 분다

인공 바다

가라앉지도 떠오르지도 않는 시간
꼴깍꼴깍, 자꾸 손을 휘젓네
여기 봐요 나 좀 봐요
생각이 바닥에 닿질 않아

아무도 없네, 손을 잡아 주는 이
그저 웃으며 나를 자꾸 밀어 넣네
찡그린 두 눈썹 사이로

네 물안경은 최신형이구나
수영복 꽃무늬도 아주 화려하구나

페리로 한 시간도 더 걸리는
글램핑 리조트, 파도를 가르며 마침내
파도 없는 바다에 도착한 우리
가라앉지도 떠오르지도 않는 영혼들

내가 잠시 빌린 백조도 유니콘도
웃고 있네, 내장도 두뇌도 바람인 애인들
먼바다까지 나를 두둥실 태워 갈 듯

물결을 가르던 허풍선이들
손을 내미는 척 멀어지면서, 매 순간 저 먼저 떠내려가면서

잘 기억이 나지 않아요
우리가 언제 만난 적 있었나요?
당신의 꼬리지느러미를 잘라 끓여 먹었던가요?
혹시 태평양 횟집에서
디지털 파도 소리 요란한 카페 라메르에서

짜지도 쓰지도 않고 밍밍한
가짜 바다, 모래 대신 시멘트가 밟히고
밤에도 낮에도 잠잠 잠들어 있는 바다
물밑에서도 발을 휘젓지 않는
우아한 비닐 백조의 수궁

이면 도로

폐허를 꼿꼿이 쳐들고 걸어갑니다. 아직 녹지 못한 눈이 노려보는 이면 도로, 전봇대 밑엔 누군가 버린 일회용 심장, 발로 툭 차도 차가운 심장은 쏟아지지 않을 수도 있겠어요. 아직 다 쏟아지지 못한 심장은 다시 녹을 수도 있을까요? 아무도 폐허를 마시려 하진 않겠지만

대로변에는 24시간 편의점이 있지요. 일교차를 잘 봉합한 척추 전문 병원도 있고 초고속으로 폭설을 전송한 LTE 대리점도 있지요. 김밥천국도 꽃집도 있고요. 빙하기에 배달된 꽃다발은 금 간 꽃병 속에 죽은 듯 살아 있고, 거꾸로 매달린 장미 다발은 제 검은 눈꺼풀을 스르르 버리기도 하지요. 병원 부속 헬스장에선 요즘 '죽어 가는 바퀴벌레*' 운동을 시작했어요. 몸을 좌우로 비틀며 힘껏 몸부림치면 백년은 거뜬히 몸부림칠 수 있다네요, 뒤집힌 채로

백년옥에서 특별 출감은 불가합니까. 그럼 차라리 출가는 어떨까요. 폐허를 필사하다 폐허를 찢어 던지고 폐허 밖으로 나가면 구깃구깃한 폐허들이 어깨동무를 하고 지나가지요. 더 질긴 폐허가 낄낄거리고 있지요. 차라리 폐허를 맛있게 뜯어 먹으면서 서로를 힘껏 간질이는 게 폐허를 멀

리 내던지는 길이라지요. 쪼글쪼글한 폐허의 배꼽에도 원본과 사본이 따로 있을까요. 눈을 자주 깜빡이던 오늘의 스페셜 폐허는 너무 웃겨 씹던 밥알이 튀어 나갔습니다. 백미 흑미혼미, 미끄러운 여기는 잘 삼킬 수 없는, 아니 숨길 수 없는, 당신의 속길입니다.

* Dying Roach.

그로테스크

고대 황제의 온천장으로 통하는 지하 통로에는 박쥐와 새와 인간이 뒤섞인 형상이 늘어서 있다. 황금궁전으로 가는 길에도 반인반수들이 출몰한다. 표범 몸뚱이에 사람 머리를 달거나 제 몸통보다 큰 날개에 뒤덮여 얼굴이 아예 없어진 형상, 사람 몸통에 사자 머리를 한 괴물은 난쟁이의 머리를 과자처럼 씹어 삼키는 중이다.

대성당은 공사 중이던 첨탑 주변에서 발생한 화재로 지붕이 내려앉아 버렸고 천년 고찰은 누군가 버린 담배꽁초로 주춧돌만 남아 있다. 검게 그을린 돌 틈으로 몇 년 만에 연두가 얼굴을 내밀고 있다. 매혹과 공포가 뒤섞인 표정의 바람이 머뭇거리다 달아난다.

60대 여고 동창들은 청춘을 원형대로 복원하겠다고 몇 년 전부터 계를 모았다. 그중 몇몇은 웃는지 우는지 모를 난해한 얼굴이 되어 선글라스에 모자까지 쓰고 다닌다. 최근엔 마스크까지 써도 더 이상 가릴 수 없는 슬픔이 남았는지 갑자기 호탕한 소리로 웃어 댈 때가 있다. 무착륙 관광 비행을 예약해 놓았는데 국제선 구간을 운행하므로 여권 유효기간 확인이 중요하다. 꼭 착륙해야만 맛인가. 발이 땅에 닿지 않아 일생을 허공에서 보내는 사람도 있다.

내장 비만

소리 소문 없이 태워 버려야지 미장원을 지나 순댓국집을 지나는 길목에 뭉글뭉글 피어오르는 소문들, 삐쩍 마른 그 여자 내장엔 헛소문이 잔뜩 끼어 있다고, 내일은행을 지나 희망부동산을 지나는 길목에 안개처럼 앞을 가리며 둥둥 떠다니는 비계가 잔뜩 낀 말들

저 유해 물질 끈적한 잡음들, 마스크를 써도 허파꽈리까지 파고드는 불안들, 위층도 아래층도 모르게 다 태워 버려야지 학교 운동장을 달리고 강변을 달리고 혈관 속 우울까지 다 태워 버려야지 날려 버려야지

물만 마셔도 허리둘레가 늘어나는 나이, 허파와 창자와 콩팥 사이사이로 끼어드는 허공 때문일까 십 년 묵은 병석을 털고 떠나간 친구와 심장마비로 하루아침 떠난 동생까지 내 내장 사이에 지방을 쌓는다 갑작스러운 이별이 나를 쓰러뜨릴지도 몰라 하나둘 줄어드는 버팀목들 대신에 나를 버티려는 것일까 어제의 눈물과 오늘의 후회 사이사이로 지방이 쌓여 간다 쓸모도 없고 아름답지도 않은 몸속 허공을 어찌 태워 없앨까

표정을 삼키다

울다가도 하품할 수 있는,
웃는 건지 침을 흘리는 건지 알 수 없는
얼굴을 가진 자
잡을 수 없는 표정으로

때론 기도하는 표정으로
하늘을 올려다보고 진흙탕을 건너는 자
고단한 육신으로 풀을 매고
쓰러진 자에게 손을 내밀기도 하는

빗소리를 들으며 손끝으로 살짝 눌러도 가슴에 반짝 불이
켜지다가
　갑작스러운 암전에 힘주어 눌러도 내내 캄캄 절벽인

뛰어넘을 수 없는 음계를 가진 낮과 밤, 모른 척 삼킬 수 없는
비바람과 폭설과 눈을 찌르던 그 태양과 눈물로
웃어도 울어도 눈과 입술은 점점 삐뚤어지고
표정 위에 표정이
표정 아래 표정이
몇 겹의 그림자를 만들고 영혼에 요철을 새겼지

>
컨베이어 벨트에 쉴 새 없이 실려 오던 어제와 내일을
기쁨은 아니시만 슬픔도 아닌 것으로 애써 해체하던 시설

*그러니까 얼굴이 있는 것들, 결코 고통을 표정에 드러내
지 않더라도 꿀꺽 삼켜 버리면 안 된다니까*

도살장에 끌려가면서도 눈물을 보이지 않던
그 표정들이 켜켜이 쌓여 꽃등심을 이루는 건지 모르지만

한 오백 년 익힌 웰 던 스테이크처럼
화석이 된 기억의 조각들을
포크로 한 점 찍어 곱씹어도
내 입술엔 여전히 피가 묻어난다

사망 직전 통화할 사람

넌 누구니? 한여름 우박 속에
누구랑 통화하고 싶니?

어떤 의자에 앉고 싶니?
꽃무늬 접시에 복숭아를 담아
껍질을 깔까 말까?
벌레가 기어 나오기 전에

딸에게 줄 타조 가죽 지갑을 사 놓고
아직 건네주지 못했다는 사실
아끼는 것들은
어떤 캄캄한 서랍에 가두었는지
기억나지 않는다는 것만 기억나는데

날지도 못하면서 몸집만 큰 새처럼
시간이 모자란다
시간이 라면 광고처럼 뚜껑 밖으로 넘쳐 나는데
자꾸 불어 터지는데

기도로 기도를 죽이고

벌레로 벌레를 죽이며

죽어도 죽여도
성호를 그으며
찢어진 텐트 밖으로 다시 걸어 나온다는데

충전기는 어디 있나?

옥상과 반지하 사이 방황하는 커서가 있다

왼쪽이 웃을 때
오른쪽은 방금 따귀를 얻어맞은 얼굴로

시퍼러둥둥한 오늘도
어금니가 0.01mm쯤 갈렸겠지

이가 나날이 조금씩 짧아진다는
주식시장의 개미처럼
이를 악물고 영끌, 영끌!

삶은 어째서 늘 투자한 만큼의 이윤을 불러오지 못하는 걸까
손가락은 애지중지 삼시 세끼를 챙기는 동안
두개골은 우주를 떠도는 미아가 되어

뜬구름 속 개 울음소리나 잡으러 다니다
코 베어 가는 줄도 모르고
뒤통수가 녹아내리는 줄도 모르고

당신만을 사랑해요!
모니터에서 화살표가 깜빡거리며 손짓하지만

비상착륙 할지도 모른다, 모든 짐 다 버리고
세상의 댓글은 늘 마감 직전이다

옥상과 반지하 사이 눈 감고 뛰어내리는 낙숫물
짜릿한 낙차가 있어
오한과 발열을 거듭하며
오늘도 멈추지 않고 굴러간다

제4부

짝눈 2

오른눈은 수레국화 위 박새를 따라갈 때
왼눈은 바람 무늬에 잠겨 있다

회오리 속에서도 눈 감지 못하는 나의 반쪽

어지러워 어지러워

실루엣만 남은 얼굴들
구겨진 마스크처럼 쓰다 버린 내 얼굴들
셀 수 없는 얼굴들이 출몰하는 변검의 밤

가슴을 다친 새가 눈 감으면 뜨거운 개가 눈을 뜨고

새벽까지 눈 감지 못하는 얼굴이 있다

새인가 하면 개이고
개인가 하면 사람인

간을 보다

신맛이 강할 땐 얼차려를 시키고
비린내가 날 땐 식초를 한 스푼 넣고

누가 애탕 맛을 탓하랴

덜 익은 사랑도
곯아 버린 사랑도
손맛에 달렸다

금슬이 너무 좋은 옆집 부부에겐 식초를 찔끔 쳐야겠다.
낮이고 밤이고 개 닭 보듯 하는 아랫집 걔들에겐 핫초코가
필요해. 시럽을 듬뿍 뿌린 신에 대한 맹신은 당뇨를 불러올
지도 몰라. 피검사 결과 신은 죽었다고 외치려나. 구경꾼들
에겐 식초와 설탕을 번갈아 쳐도 뒤끝은 씁쓸하지. 까칠한
입맛을 어찌 다스릴까. 거품만 부글거리다 가라앉고 나면
처음과 다름없이 쓸쓸한 모래알들만 입 안에서 쯧쯧거리고

무명 가수들이 순회공연하는 무대 위에서
백댄서들은 다친 발목이 아물 만하면 춤을 추고
아물 만하면 또 춤을 춘다, 너무 익어

내일이 망가질 때까지

불멸의 피클은 존재하지 않아
달아나는 시간을 붙잡아 당절임을 하고 초절임을 해도
유리병 속에 밀봉된 허무는 나날이 풍만해지고

그래, 이만하면 이번 생은 충분히 슬펐어
세상 여기저기 찔러 봐도 눈물이 더 짜질 건 없어
그럭저럭 살 만해
견딜 만큼 간이 맞아

레몬과 세숫비누

레몬 한 방울
금속성 생활에 떨어지면 산소가 발생하지
푸른색 리트머스를 붉게 물들이듯
붉어지는 눈자위

쓴맛이 나는 비누로 닦아 줘요
슬픔의 단백질을 녹여
미끌미끌한 표정을 갖고 싶을 때,
붉은 적의를 푸르게 바꾸려는 듯
깨진 창문으로 날아가려고

물질이 다른 물질에게 고백을 내놓고
물질이 또 다른 물질에게서 상처를 받는
일상은 거품투성이

풀릴 기미가 보이지 않는 오해로
꽉 막혀 버린 가슴은
잿물로 소독한 표정이 더 어울릴까요?

눈물이 탄산과 반응할 때는 염기로

하품이 암모니아와 반응할 때는 산으로
매혹과 환멸 사이로 외줄을 타는
마음은 양쪽성 물질이 되고 싶은가 보다

찢어진 세계

유리잔들이 박살 난 부엌 바닥과
유리창에 부딪쳐 죽은 새들, 꺾인 깃털들

안식일엔 매부리코에 검은 정장
슬픈 듯한 눈에 실크 모자를 눌러쓰고
얇은 입술로 찬송가를 4절까지 따라 불러야지

코가 약 300개 눈이 1,000개 넘게
서랍 속에 들어 있다네
모자는 셀 수도 없고 가발도 500개 이상

퇴근 후 집으로 돌아오는 길
블랙베리 아이스크림과 닭 가슴살 버거를 사 온다네
주중에는 말총머리 가발을 쓰고 근육을 키워야지
콧날은 조금씩 무너지고
모자는 비바람에 날아가지만

어깨가 드러난 하얀 드레스를 입고
왈츠를 추어요, 유리 파편들 발바닥에 점점 깊이 박히는데
눈 뜬 채 숨 멎어 가는 새들 이따금 퍼덕거리는데

레드 와인을 가득 채워요, 뜨겁게 속삭이는 토요일 밤
오늘은 제일 착한 코를 붙였잖아요

앞마당으로 반쯤 녹은 태양이 떠오르고
캄캄 뒷마당은 우박을 동반한 폭풍
북쪽 창으로 자꾸만 날아와 부딪치는 새들
날개는 꺾어지는데, 유리잔은 깨지고 있는데

얼음도 1초에 수백 번 춤춘다

조바심은 구두를 녹이는 주범
자정이 넘어서야 너는 나타날지도 몰라
밤과 터널을 지나
얼음 모자를 쓰고 나에게로 올지도 몰라

나는 잠시 눈물 흘렸지
백 분의 1초 동안만 머물다 가는 슬픔의 입자 때문에

내 우심방 안에 잠깐 머물다가
어디론가 흘러가 버리는 너를
얼음 구두라 불러야 할까
얼음 모자라 불러야 할까
받자마자 삭제해 버린 문자처럼
흔적을 찾을 수 없다
맥박보다 더 여리고 숨이 짧은 너를
어떻게 하면 냉동 보관 할 수 있을까

멀리서 보면 한자리에 못 박힌 꽝꽝나무도
잎새 계속 뒤척이는 것이다
울렁거리는 것이다
백 분의 1초보다 더 짧은 시간 동안

비구름영원과 빗방울영원이 어깨를 스치고 지나갔다

우리는 결코 길들여지지 않는다
서로에게 길들여지는 동안
길들여지는 듯한 동안도
쉬지 않고 출렁이는 살과 피

뜨거운 얼음은 얼마나 더 차가운가

시궁창에도 꽃길 호수에도
달은 똑같은 얼굴이지만
참을성 없는 나무는
내가 잠든 동안에도 낯선 방향으로 가지를 뻗고

머리와 가슴은
모자와 구두처럼 녹아 버려
환승역은 여전히 붐빈다

오늘은 휴가 날짜를 써 붙이고
셔터를 내리고,
녹아 버린 구두와 모자를
다시 얼리고 싶다

눈물의 비등점

음식점 뒷마당 붉은 함지박에 담긴 곱창들
구불구불한 그 길을 채우던 것들은 어디로 날아간 것일까

식도를 델 듯 뜨거운 거짓말을
펄떡거리는 내장으로 실어 나르던 식욕
금속성 젓가락질 소리 들린다
멀고 캄캄한 길을 통과하던
분노와 뉘우침들, 온몸으로 끓이고 졸였을
슬픔은 몇 도에서 기체로 바뀔 수 있는지

감정을 버린 새는
경쾌하고 위태로운 길로 떠나갔지만
얼룩무늬 깃털은 어디쯤에서 공중이 되었는지

내장 지방 같은 기억을 꼼꼼히 떼어 낸 시간들이
잘 손질된 과거의 토막들을 껴안고 다시 부글부글 끓는다
오래 꺾이고 접힌 몸속에서

어떻게 삼켜야 넘어가는가
너머로 가는 새는 홀가분했을까

떠나는 것, 발 없는 새처럼
영원한 무연고자로 남는 것
내려앉을 지상은 다시 없고 깨달음 비슷한 것도 없고
채운 것보다 더 많이 비우고 싶을 때
바람 속에 하나둘 흩날릴 깃털들

결국 남은 게 없구나 발등을 내려다보다가
모든 것이 그대로 남았다는 듯

냄비 속에서 벌겋게 끓고 있는 곱창전골 2인분
너와 나는 쉬지 않고 구불거려도 늘 배가 고픈 것이다

허물의 두께

지난날들은 어째서
고개를 잔뜩 수그리고 있는 걸까
참나무 둥치에 매달린 매미 허물처럼

등껍질을 가르고 떠나간 것들
지금쯤 어느 비릿한 물가 방풍림을 헤매고 있는지

철 지난 해수욕장 셔터 내린 매점 앞
모래 위에 쐐기문자처럼 쓰였다 지워진 건
비밀번호가 바뀐 어떤 사물함 주소인지
태풍 지나가고 꽃사과들 우수수 떨어지고

결혼식장을 지나 화장장을 다녀온 바람에
녹슨 철 대문 열리는 소리가
비명 소리로 들리는 해 질 녘
죽어도 죽지 않는
벗어도 벗어도
새로 태어나는 허물이 있다

밤늦도록 울음주머니 부풀리는 바람도

제 울음의 두께 알아채지 못하겠지만

빈 껍질에 몰두하는 동안만
잠시
잃었던 얼굴을 만나게 되는 것인지 모른다

홀로 아닌 홀로

얼음과 먼지투성이 행성이 돌고 있다고
보이저호를 타고 가도 10만 년 거리라고

내 주위를 돌고 있는
다른 별이 있다는 걸 나도 알 수 있지
홀로 있어도
자주 흔들리니까
이따금 뜨거운 흐느낌이 밀려오니까

익룡이라도 되어 줘라기 때
그를 향해 출발했더라면
지금쯤 만났을지도 몰라

다른 별의 파편이 수없이 박혀 있는
그 별의 표면 온도는 영하 170도
두 팔 힘껏 벌려도 안을 수 없는

대부분의 아픈 별들은 다른 별을 돌고 있어
막막한 우주에서
홀로 있지 않아

오래 춥고 어지러운 밤이면
나도 누군가를 맴돌고 있지
얼어붙은 입김을 불어 내면서
그의 한숨과 눈썹 표정을 받아쓰기도 하면서

연민 피로
―C에게

인적이 드문 바다에 떨어지길 바라
캄캄한 너의 우주에서 홀로 폭발할 때

멸종 위기인 일각고래의 먹이가 되어
기억의 반짝이는 조각들로
헛헛한 그의 배 속을 채워 주길 바라

밀렵꾼들은 뿔만 뽑곤
일각고래를 바다로 돌려보냈지
죽은 채로 살라고

그리고 먼 훗날
가슴속에 뿔 돋친 짐승 화석이 되어
그 뿔론 결국 자신을 찌를 뿐이었다는 걸 알게 될 때까지

진화에 진화를 거듭하게 될 거야
눈물에 섞인 시간들이
그 진화를 재촉할지도 모르지

너의 식습관과 웅크린 수면 자세까지

암벽화에 흔적을 남길 수도 있어

5도만 기울어진 채
더 이상 기울어지지 않고 버티는 피사의사탑처럼
구경거리가 된다 해도 결코 쓰러지진 않길 바라

내 안의 어둠에 거꾸로 매달린 내가
어떤 해답으로도 결정되지 못한 채
야맹증이 점점 깊어 갈 동안

세모콩고코뿔소

포기하기로 했어
부러진 발목을 끌며 절룩절룩
허기 속에도 달빛을 따라나서는 너를
벼랑에서 끌어낼 수는 없지

지난 오백 년간 많은 생명이 사라진 땅
달빛벼랑의 멸종 기록이 보관되어 있지

전쟁터에서 부상이 심한 병사를 재빨리 가려내던 간호
사처럼
포기는 빠를수록 유리해, 모두를 위해
누구보다 부상자 당사자를 위해

거짓 희망과 고통을 눈먼 저울에 달아 교환하는
쓰라리고 몽롱한 시간
모르핀 주사량을 하루하루 늘려 가는

세모콩고코뿔소는 어쩌다 뿔 난 세모가 된 걸까
달빛을 견디려면 공처럼 굴러다니거나
안개 속에선 납작한 육면체여야 했는데

\>

태풍과 산불에도 살아남은
호랑이가 얼룩말을 향해 달려가고
치타가 피 묻은 입으로 하품을 하는
동물의 천국 달빛벼랑

살아남은 자들의 짧은 천국
달빛벼랑, 언제 붓을 꺾듯
길을 꺾어야 할지도 모르는 나는
혼자 있을 때면 시끄럽게 우는 대신
코를 찬찬히 만져 보곤 하지

안개 낀 천 길 낭떠러지를
접었다 폈다 하면서
제 뿔로 저를 찌르는 달빛벼랑

8월의 크레바스

만년설이 되쏘는 햇살에 휘청거리다
헛발을 디뎠다, 나는 아직
저 너머로 가 보지 못한 사람

천 길 얼음벽 사이로 추락한 건
카메라뿐, 메모리 카드에 담긴 너의 찡그린 표정과 눈
웃음뿐
셔터를 누르던 손가락은 구조되었다

수십억 물방울의 감정이
얼음장 속에서 우르르 어깨를 부딪고,
한번 떨어뜨린 장면은
다시는 건져 올릴 수 없다는데

기억은 밤낮으로 구조 작업 진행 중

차가운 시신으로 발견되기 전까진
모두가 아직도 실종된 채로
또 다른 신*을 붙잡기 위해
남은 손가락은 쉬지 않고 셔터를 누를 것이다

>
눈꺼풀이 떨리는 얼굴
심장 밑을 찔린 얼굴

구조자와 실종자 사이
8월에도 녹지 않는 크레바스가 있다
아득히 먼 곳까지 함께 갔다가
너의 손을 놓고 혼자 돌아온 내가

죽은 대나무 버팀목에 기대
꽃을 피운다, 장미 나무는 오늘도
간신히 구조된 실종자처럼

* 신: scene, sin, 神.

설계사와의 약속

맑음 예보에도 비는 내리고
유리창 깨지고 종탑이 주저앉고

진앙은 어디쯤인가

아직 할부금도 다 갚지 못한
외제 승용차가 찌그러졌다고
갑자기 뒤에서 똥차가 들이닥쳤다고

똥배가 나날이 불러 가는 오늘은
무염시태라도 한 것일까
분만할 수 없는 불안이 점점 부풀어 가는 동안
달력에선 안데스의 휴화산 미스티가
아침 햇살에 빛나는 이마를 한밤중에 뽐내고 있다

평생 보장 설계사는 아직 오지 않았다
오보도 예보도 구별할 수 없는 자에게

기둥이 무너지고 지붕이 뒤집힌 후에야
재난 안내 문자는 일정한 간격으로 도착했지만

설계사는 아직 도착하지 않았다
소풍 가는 날 땅이 갈라지고
싱크홀에 여생이 빠지더라도

시작이 반이라고
누구도 스스로 난민이 되기를 선택한 자는 없다*고

날씨에 관계없이, 기도 횟수에도 관계없이
설계사는 오기로 했다

아무도 담당 설계사의 얼굴을 미리 본 적은 없지만
주일마다 그의 말을 전해 들은 듯도 하다
스스로 설계를 포기한 설계사는 없다고

* 유엔난민기구 광고문에서.

북극의 8월

팔을 한껏 벌리고
8월이라고
얼음이 녹는다고
훨훨 춤을 추었나

발밑에서 얼음 갈라지는 소리

북극곰은 어떻게 물개를 잡을 수 있나
발판도 없이
너는 무얼 사냥할 수 있나

발밑에서 얼음 갈라지는 소리

해빙이라고
북극에서 발판도 없이
8월이라고

진화론 P

직립보행을 시작한 오스트랄로피테쿠스 중 발굽이 있는 돌연변이들이 살아남아 후손을 이은 게 시인이 되었다. 단숨에 수천 년 전 풀밭으로 달려가기도 하고, 떠나간 애인의 가장 깊숙한 우물까지 숨어 들어가 보기도 하지만

발굽을 숨긴 채
끝 모를 만장굴을 키우는 자들

동굴 밖으로 나가려고 동굴 속으로 더 깊이 들어가며 손톱으로 긁은 벽화가 더러 발견되기도 한다. 불긋한 핏자국 같기도 한 그것.

제 안에 키우는 동굴 속, 이따금 빗물이 스며드는 날이면 어디론가 끝없이 달려가는 발굽 소리 들린다. 뜻 모를 신음 소리만 내는, 얼굴도 본 적 없는 괴물에 대한 두려움 때문에 시詩라는 신神을 만들어 냈다고도 하는

꿈보다 수상한 해몽이 있다.

해 설

하나이면서 둘, 여럿이면서 하나

고봉준(문학평론가)

1

예술은 반복을 통해 스타일을 창조한다. 스타일이 예술
가 개인의 고유명, 즉 서명(sign)과 같은 것이라면, 거기에는
이미—항상 반복이 존재하기 마련이다. 특정한 어휘, 대상,
소재, 이미지, 그리고 모티프motif……. 모든 반복에는 징후
적 가치가 있다. 음악과 회화에서의 반복이 스타일—우리가
낯선 그림을 보고 특정한 화가의 이름을 떠올릴 수 있는 이
유가 바로 반복 때문이다—과 연관된다면, 시에서의 '반복'은
시인의 리비도libido와 연결된다. 특정한 사물에 리비도를 반
복적으로 투사한다는 것, 그것은 시인—주체의 자율적인 운
동이 아니라 그가 대상에 매혹 내지 포획되어 있다는 징후이
다. 정채원의 시에서 반복되는 것은 무엇일까?

이 물음에 답하기 위해 시집의 초반부에 배치된 작품들을

잠시 살펴보자. 먼저 「모래 전야, 야전」. 이 시는 4연의 "우리는 서로 리모컨을 차지하려고"라는 진술을 경계로 양분할 수 있다. '우리'와 '리모컨'이라는 어휘가 암시하듯이 시인은 지금 누군가와 텔레비전을 시청하고 있다. 따라서 이 시에 등장하는 장면들, 가령 "까마귀가 파먹은 거북의 눈구멍", "후손을 남기기 위해/ 목숨 걸고 떼 지어 이동하는 홍게", "백신이 없는 도시를 가시로 품고 있는/ 회오리선인장" 등은 텔레비전 장면이라고 짐작할 수 있다. 자연 다큐멘터리로 추측되는 이들 장면에는 한 가지 공통점이 있다. 생生과 사死가 공존한다는 것이다. 시인은 거북의 눈구멍을 파먹는 까마귀, 목숨을 걸고 이동하는 홍게, 새끼에게 사냥을 가르치는 어미 치타에게서 치열한 생존 투쟁, 생사의 갈림길을 넘나드는 생명체의 운명을 읽고 있다. 시인은 뜨거운 모래 위에서 펼쳐지는 그 투쟁에 "모래 전야, 야전"이라는 제목을 붙였는데, 그것은 '전야─야전'의 형태적 대칭성을 활용하면서도 '전쟁'을 강조한 것이라고 읽을 수 있다. 한편 동물들의 생존 투쟁이 펼쳐지는 반대편, 즉 텔레비전 바깥에서는 '우리'가 "서로 리모컨을 차지"하려고 싸우고 있다. 리모컨을 갖는다는 것은 결정권을 획득한다는 것을 의미하며, 더 나아가 그것은 "털 끝 하나 다치지 않고 세상을 제압"하려는 인간의 욕망이 만든 문명의 산물이라고 말할 수 있다.

이상의 내용을 요약해 보자. 먼저 이 시에는 삶과 죽음이 대칭을 이루면서 공존하고 있다. 다음으로 텔레비전 화면을 경계로 문명과 자연, 인간과 동물이 대칭적 관계를 형성하고 있고, 방식은 다를지언정 상대를 제압하기 위한 싸움에서 벗어나지 않는다는 점에서 이들의 욕망은 동질적이다. 대칭 (Symmetry)이란 같이(sym)+측정(metry)한다는 것, 즉 변화와 불변성을 함께 함축한 개념이다. 정채원의 시에는 이러한 대 칭적 관계의 모티프가 반복적으로 등장하는데, 그것은 이질 적인 두 극단이 대칭적 관계의 방식으로 엮여 있음을 드러낸 다. 이것을 단적으로 보여 주는 것이 「모래 전야, 야전」의 6연 이다. 여기에서 시인은 1~5연의 내용과 동떨어진 하나의 장 면을 외삽外揷하고 있다. 경전에 날개가 끼어 말라 죽은 나방 의 모습이 그것이다. 여기에선 나방의 몸 전체가 아니라 일부 인 '날개'가 끼였다는 사실이 중요하다. 이 특이한 형상은 다 음의 진술, 즉 "어디까지가 안이고 어디가 밖인지/ 알 수 없 다"라는 진술로 이어진다. 몸의 일부는 경전 안에, 나머지는 바깥에 있을 때, '안'과 '밖'의 경계는 모호해진다. 그것은 '안' 과 '바깥' 가운데 어느 하나에 있다고 말할 수 없고, 또한 '안' 과 '바깥' 모두에 있다고 말할 수도 있다. 이러한 인식은 결국 '안'과 '밖'이라는 이항 대립, 즉 공간에 대한 익숙한 구분을 위태롭게 만든다. 경전에 날개가 끼여 말라 죽은 나방의 형 상은 '안'과 '밖'이라는 두 극단을 대칭적 관계를 통해 하나로 통합한다. 그리고 이러한 통합은 두 극단이 선명하게 구분된 다는 우리의 상식적인 믿음을 뒤흔든다.

한번 녹았던 마음이 다시 얼어붙으면 흉기가 된다
그림자 속에서도 애써 꽃을 피우다가

화분을 내동댕이치다가

눈보라 치는 밤, 얼어붙은 기억의
터널을 지나면 교각이 있고, 교각을 지나면 또 터널이 있다
울음소리도 미끄러지는 터널을 지나
허공에 걸려 홀로 떨며 서 있던 그림자

터널에서 무심히 달려 나오는 생명을 받아 안아
검은 이빨로 아작 내는 허공의 검은 아가리

응달에서 오래 떨며 너를 기다렸어, 내 얼어붙은 팔다리
를 꺾어서라도 너를 안으면 너의 목을 조르면, 너의 뜨거운
피로 얼어붙은 나를 녹여 줄 수 있겠니?

급커브를 돌자마자 마주치는 얼굴
먼지와 눈물이 함께 엉겨 붙은 검은색
살짝 젖어 있던 얼굴이 돌연
꽃 모가지에 얼음 송곳니를 꽂는다

누가 걷어찬 화분일까
산산이 부서져 중심이 잡힐 때까지
제 칼날로 저를 멈추기까지
제동 거리가 예상외로 길었다

맘껏 타오르지 못한 불은

재 대신 얼음을 남긴다

모든 얼음은 한때 불이었다

　　　　　　　　　　　　　—「블랙 아이스」 전문

대칭을 통한 공존, 그리고 상식적인 믿음을 뛰어넘는 새로운 인식은 이 시에서도 반복된다. 블랙 아이스Black ice는 겨울철에 아스팔트 도로 표면에 내린 눈이 얼고 녹기를 반복하면서 얇은 얼음 막으로 변하는 현상을 말한다. 매년 겨울, 교량이나 터널의 출입구 등에 생긴 블랙 아이스로 인해 교통사고가 발생했다는 뉴스에 등장하는 바로 그것이다. "터널을 지나면 교각이 있고, 교각을 지나면 또 터널이 있다", "급커브를 돌자마자 마주치는 얼굴", "제동 거리가 예상외로 길었다"라는 진술처럼 시인은 블랙 아이스로 인한 겨울철 교통사고를 염두에 두고 진술을 이어 나간다. "생명을 받아 안아/ 검은 이빨로 아작 내는 허공의 검은 아가리"라는 표현처럼 시인에게 블랙 아이스는 죽음을 연상시킨다. 그런데 시인이 이 자연현상에서 주목하는 것은 교통사고의 무서움이나 죽음 같은 것이 아니다. 시인이 강조하려는 바는 "한번 녹았던 마음이 다시 얼어붙으면 흉기가 된다"라는 진술처럼 블랙 아이스, 즉 얼음이 '녹기'와 '얼기'라는 모순적인 현상의 결합체라는 사실이다. 앞에서 우리는 「모래 전야, 야전」이 삶과 죽음, 안과 바깥이라는 이질적인 극단을 대칭적 관계를 통해 통합하고, 그럼으로써 두 극점의 구분을 모호하게 만드는 인식의 모험을 보여 주었다고 말했다. 이 시에서 이질적인 극단의 대칭적 관계는 "한번 녹았던 마음이 다시 얼어붙"는 것, 즉 도로 위에 차갑게 얼어붙은 블랙 아이스 내부에 "맘껏 타오르지 못한 불"이 존재한다는 인식의 전환을 통해 변주되고 있다. 이러한 인식은 "모든 얼음은 한때 불이었다"라는 진술로 정식화되며, 그것은 '얼음'이 오로지 차갑기만 한 것이 아님을, 한때 뜨거움이 깃들어 있었던 것만이 얼음이 된다는 새로운 감각으로 연결된다.

상식의 경계를 돌파하는 이러한 대칭의 감각은 「감염」에서 '일상'과 '비일상'의 관계로 변주된다. 이 시는 코로나 팬데믹을 배경으로 한 작품이다. 코로나 팬데믹을 경험하면서 우리가 자주 들었던 말 가운데 하나는 팬데믹 사태가 종식되어도 결코 이전 상태로는 돌아갈 수 없다는 것, 즉 뉴노멀New normal이라는 개념이었다. 시인은 이 사건의 불가역적 성격, 즉 '이전'과 '이후' 간의 단절을 '사랑'이라는 사건에 전유한다. 인간의 삶에서 '사랑'이 실존적인 사건이 되는 이유는 그것이 만남 '이전'과 '이후'의 세계 감각을 확연하게 구분 짓기 때문일 것이다. 사랑의 강렬함은 우리에게 '이전'과는 전혀 다른 세계를 열어 보인다는 점에서 불가역인 '이후'의 시간이라고 말할 수 있다. 물론 "너를 읽고 난 후/ 밤이라는 바이러스에 감염된 후/ 다시는 강 건너로 돌아가지 못한다"라는 진술처럼 이 시에서 시인이 제시하는 '사랑'이 인간의 관계에 한정되어야 하는 것은 아니다. 감염, 중독, 매혹 등은 주체의 자율성을 제약한다는 점에서 유사성을 지닌다. 그렇다면 이 시를 '이전'과 '이후' 간의 불가역성을 보여 주는 것으로 읽어야 할까? 7연에 등장하는 "일상으로 돌아가지 못하는 일상 속에서"라는 표현에 주목하면 조금 다른 이야기가 가능할 듯하다. 알다시피 코로나 팬데믹은 '일상'의 박탈이라는 사건으로 도래하여 '일상'과 '비일상', 즉 예외 상태의 차이를 지워 버렸다. 시민들이 일상적인 활동을 중단한 지난 2년은 예외 상태였다고 말할 수 있다. 하지만 그 예외 상태 속에서도 출근/등교를 하고, 사람을 만나고. 밥을 먹고 산책을 하는 등의 일상은 유지되었다. 그런데 이때의 일상은 예외 상태에서 행해지는 일상이라는 점에서 일상이면서 동시에 비非일상이라고 말할 수 있다. "일상으로 돌아가지 못하는 일상"이라는 표현은 바로 이 상태를 의미한다. 왜 그것이 비非일상일까? 그것은 "누군가 다가오면 멀리 돌아서 가는 길"이라는 표현처럼 타인과의 접촉을 경계하는 태도를 통해 확인된다. 바로 이 지점에서 일상과 비非일상의 경계는 불투명해지고, 두 극단은 대칭의 이미지를 통해 하나로 통합된다.

2

정채원의 시집에는 '죽음'의 기호들이 흩뿌려져 있다. "까마귀가 파먹은 거북의 눈구멍"(「모래 전야, 야전」)과 생명을 "검은 이빨로 아작 내는 허공의 검은 아가리"(「블랙 아이스」)를 시작으로 악취를 내며 "썩은 배추 껍데기"(「졸다 깨는 시장」), "죽은 짝을 여전히 안고 다니는/ 무당개구리"(「울음주머니」), 탈옥에 성공한 후 자살한 "사형수"(「탈옥」), "도살장"(「표정을 삼키다」) 같은 죽음(유한성)의 기호들이 시집 전체에 걸쳐 등장한다. 이 작품들을 읽어 나가면서 우리는 "불멸의 피클은 존재하지 않"(「간을 보다」)는다는 사실을, 그리하여 우리가 "누구든 떠나야 할 이 별"(「하루에 두 번 씩은 춤을」)에서 살고 있다는 것을 감각하게 된다.

　유한성, 즉 인간이 죽을 운명을 지닌 존재라는 것은 새로운 사실이 아니다. 다만 인간의 삶에서 '죽음'의 의미가 생물학적인 죽음, 그러니까 무無가 되는 사건으로 환원되지 않는다는 사실에 주목하자. 한 철학자는 "죽은 자는 죽음을 다시 산다"라고 주장하기도 했는데, 이는 삶이 끝난 지점에서 죽음이 시작된다는 것, 그리하여 죽음이 종결이 아님을 뜻한다. 죽음이 모든 것의 종결이 아니라는 것은 '죽음'이 완결될 수 없다는 의미이고, 그것은 무한히 죽음에 다가갈 수 있을 뿐 끝(the end)으로서의 죽음은 불가능하다는 의미이기도 하다. 정채원의 시에서 '죽음'이 이러하다는 말이 아니다. 정채원의 시에서 죽음은 생물학적인 의미의 '끝'과 같은 것이 아니라는 사실을 이야기하고 싶을 뿐이다. 그렇다면 정채원의 시에서 '죽음'은 어떤 것일까?

　　우리 집 신발장 옆에 놓인 꽃은 일 년 전에도 피어 있었고
　어제도 피어 있었고 오늘도 피어 있다. 언제나 활짝 피어 있는
　꽃은 꽃이 아니다. 질 줄도 모르는 건 꽃이 아니다.

나는 피었다가 기필코 지는 꽃을 사랑한다. 지는 모습을
감추지 못해 슬퍼하는 꽃을 오래 사랑한다. 지면서도 웃음을
잃지 않는 꽃을 더 오래 사랑한다. 피기도 전에 져 버린 꽃을
두고두고 잊지 못한다. 패색이 완연한 계절, 내 안에 너는 아
직도 피어 있다. 비로소 꽃이 되었다, 서로에게.

　　　　　　　　　　　　　　　　　　　　　—「비로소 꽃」 부분

두 종류의 '꽃'이 있다. 하나는 언제 어떻게 보아도 꽃이라
는 사실을 의심할 수 없는 꽃이고, 다른 하나는 늘 지고 있
는 상태의 꽃이다. 전자가 "언제나 활짝 피어 있는 꽃"이라
면 후자는 "꽃을 버리면서 꽃"이 되고 있는 꽃이라고 말할 수
있다. 전자는 항상성의 꽃이고, 후자는 유한성의 꽃이다. 항
상 지고 있다는 것은 탄생 이후부터 줄곧 소멸/죽음을 향한
움직임을 멈추지 않는 생명의 유한성을 가리킨다. 시인은 두
가지 '꽃'을 대비하면서 "피었다가 기필코 지는 꽃을 사랑한
다"라고 고백한다. 심지어 그는 "질 줄도 모르는 건 꽃이 아
니다"라고 주장한다. 시인은 꽃이 지는 것을 '버리는 것'이라
고 바꿔서 표현하고, 그것이 마치 꽃의 능력인 것처럼 이야
기한다. 이렇게 보면 "일 년 전에도 피어 있었고 어제도 피어
있었고 오늘도 피어 있"는 항상적 상태의 꽃은 무능력한 존재
이다. 왜 그것은 '(무)능력'인가? 시인은 이 물음에 대한 대답
대신 피었다가 지는 꽃이, 피기도 전에 져 버린 꽃이 오래도
록 자신의 기억 속에 남는다고 고백한다. "내 안에 너는 아직
도 피어 있다. 비로소 꽃이 되었다"라는 진술처럼 꽃은 시들

고 난 이후, 즉 죽음 이후에도 살아 있다. 어디에? '내 안', 그러니까 시인의 기억에 살아 있는 것이다. 시인은 이 현상을 가리켜 "비로소 꽃이 되었다"라고 말하는데, 이는 인간이 대상(꽃)과 비非도구적인 방식으로 관계 맺을 때 사물의 존재감이 온전하게 드러난다는 의미로 해석할 수 있다.

기억 속에서 죽음 이후를 살아간다는 것, 죽음 이후에도 기억은 잔존한다는 것, 그리고 죽음이 끝이 아니라 그 이후에도 연속된다는 감각은 정채원의 시에서 여러 차례 반복된다. 가령 석 달 동안 존재하다가 사라지는 오아시스를 가리켜 "얼핏 본 주황물고기는 사람들 머릿속에서 계속 헤엄쳐 다니겠지, 다음 우기를 기다리면서"(「우기가 끝나면 주황물고기」)라고 말할 때 거기에는 '기억'이 죽음(유한성) 이후의 시간을 살게 만든다는 감각이 투영되어 있다. 또한 "화석이 된 기억의 조각들"을 곱씹으면 "내 입술엔 여전히 피가 묻어난다"(「표정을 삼키다」)라는 진술 역시 현존하지 않는 대상이 현실적으로 영향력을 행사하고 있음을 보여 준다. 이러한 문제의식을 '물질'과 '형이상학'의 관계로 변주하면 "물질과 비물질이 서로 밀고 당기고 엎치락뒤치락/ 꼬리에 꼬리를"(「물질은 비물질을 껴안고 운다」) 문다는 인식이 가능해진다. 여기에서 '물질'은 "두개골 속 1.5킬로 고깃덩어리"이고, '비물질'은 "나는 누구인가/ 어디서 와서 어디로 가는가" 같은 실존적·형이상학적 물음이다. 그것들은 각기 다른 범주에 속하지만 한 인간의 실존 안에서 통합되어 존재한다.

이빨 하나도 빠지지 않은 두개골이
눈구멍 속으로 나를 빨아들인다
그가 끼었던 반지와 팔찌와 목걸이들
함께 싸늘히 진열된 채
나를 파고 또 판다

썩지 않는 구멍들
그 고리 속으로 나를 휘돌린다
나를 가둔다

죽어서도 출토되지 않는 집착이 있어
살 뜨거운 것들을 씹어 삼키려는가

이빨 하나도 잃지 않은 너는
어쩌다가 살부터 다 빼앗기게 되었나

영영 흙이 되지 못하는
흙투성이 황금 반지와 팔찌만 거느린 채
제 안에 묘혈을 파고 또 파는

산 자와 죽은 자가 팽팽하게 마주 보고 있다
결코 한 발짝도
건너편으로 끌려가지 않겠다는 듯이

서로에게 한없이 끌려가는 듯이

—「썩어도 건치」 전문

정채원의 시는 이항적 관계의 반복이다. 앞에서 우리는 그
것을 '대칭'의 이미지라고 명명했다. 정채원의 시는 상식적인
층위에서 상반되는 것으로 이해되는 것들을 하나로 통합하여
'하나이면서 둘(혹은 여럿)'의 감각적 세계를 생산한다. 이것은
철학자 들뢰즈가 이접적 종합이라고 명명한 것과 유사하다.
이접적離接的 종합이란 상이한 의미가 병존하는 방식의 결합
으로서 둘 가운데 하나가 아니라 이것과 저것을 동시에 함축
하는 것을 말한다. '이것이냐 저것이냐'라는 논리가 아니라
'이것이면서 동시에 저것'이라는 논리가 바로 이접이다. 이러
한 관점에서 「물질은 비물질을 껴안고 운다」를 다시 읽어 보
면, 여기에서 인간 존재가 '뇌=물질'과 '실존적·형이상학적
물음=비물질'의 결합체로 인식되고 있음을 발견할 수 있다.
'물질은 비물질을 껴안고 운다'라는 제목처럼 그것은 둘 가운
데 하나를 선택하는 문제도 아니고 하나가 다른 하나를 포함
하는 관계도 아니다. 이러한 이접적 성격은 유한과 불멸, 삶
과 죽음의 관계에서도 동일하게 반복된다. 시인은 복수의 시
편들에서 생명의 유한성과 기억의 영속성을 상반되는 세계처
럼 제시한다. 죽음과 유한성의 기호들을 제시하면서 "기억은
썩지 않아"(「불멸의 온도와 습도」)라고 말할 때는 특히 그렇다. 물
질과 비물질의 공존, 썩는 신체와 썩지 않는 기억의 결합, 이
것이 바로 정채원의 시에서 인간의 존재를 설명하는 술어들
이다. 다만 시인은 그것들 가운데 어느 하나에 절대적인 의
미를 부여하지는 않는다. 오히려 "푸르게 죽어 있으면서/ 푸
르게 살아 있지"(「불멸의 온도와 습도」)나 "어디론가 떠나려는 사

람들과/ 어디선가 막 도착한 사람들"(「하루에 두 번 씩은 춤을」)처럼 상반되는 의미를 하나로 통합하는 것이야말로 정채원의 시 쓰기라고 말할 수 있다.

「썩어도 건치」 또한 두 세계를 제시하는 것으로 시작된다. 이번에는 '삶'과 '죽음'이 그것들이다. "반지와 팔찌와 목걸이", '진열', '출토' 등의 시어들이 등장하는 것으로 보아 시인은 지금 박물관에 있는 듯하다. 시인의 눈앞에 "이빨 하나도 빠지지 않은 두개골"과 "그가 끼었던 반지와 팔찌와 목걸이들"이 진열되어 있다. 이 장면을 지켜보면서 시인은 "이빨 하나도 잃지 않은 너는/ 어쩌다가 살부터 다 빼앗기게 되었나"라고 묻는다. 한쪽에는 죽은 자의 두개골과 부장품이 있고, 다른 한쪽에는 그것을 지켜보는 산 자인 '나'가 있다. 시인에게 이 장면은 "산 자와 죽은 자가 팽팽하게 마주 보고 있"는 것으로 각인된다. '삶'과 '죽음'이 마주 보고 있는 이 형상에서 대칭적 관계를 읽는 것은 어렵지 않다. 그런데 그것은 단순한 대칭이 아니라 팽팽한 대칭, 즉 양쪽 모두가 "결코 한 발짝도/ 건너편으로 끌려가지 않겠다는 듯"한 태도를 보이는 대칭이다. 여기에서도 '삶'과 '죽음'이라는 상반된 세계는 대칭적 관계 안에서 '하나이면서 둘'의 형상을 취하고 있다. 논리적인 층위에서 '삶'과 '죽음'은 상반된다. '삶'은 죽음이 아닌 상태이고, '죽음'은 더 이상 삶이 아닌 상태인 것이다. 그것들은 서로를 배제하는 방식으로 관계를 맺을 따름이다. 하지만 시인은 이 대칭에서 "서로에게 한없이 끌려가는 듯이"라는 진술처럼 강력한 인력을 발견한다. 정채원의 시에서 그것들의 경계는 불가역적이지 않다. 이러한 인식으로 인해 '삶'과 '죽음'의 경계는 점차 모호해진다.

자발적으로 두 개의 원소로 분해될 수 없는
물처럼 두 사람은 흐른다

무표정한 격막을 사이에 두고
둘은 서로를 밀어내야만 존재할 수 있는
자석의 같은 극이었을까
너무 닮아 서로를 모욕하는 사이처럼

외면한 채 마주 보는 심장은
서로에게 둥그런 피를 돌리지 못하고

남들에겐 보이고 싶지 않은 것을
자신도 보고 싶지 않은 것을
기어이 보고야 마는 눈
오후의 뇌 속에는 어떤 뾰족한 물질이 흘러나오는 것인지

성공한 듯 보였으나
결과적으로 성공하지 못한 화학 실험처럼
끝내 수소와 산소로 돌아가지 못하는 물속에서
한동안 전류가 저릿하게 흘러갔을 뿐

숙성도 되기 전에 변질된 와인을 맛보며

이 맛이 아닐 텐데
이 향이 아닐 텐데
코르크 마개 탓부터 하는 사람들

화합하지 못한 이유와 결별하지 못한 이유는
어떤 화학식으로 설명될 수 있을까
번번이 같은 매듭에서 낯익은 벨이 울리고
실패해야 하는 이유, 실패해도
포기하지 못하는 이유
함께 숨 쉬는 물속에서 명징한 기포가 발생하지 않고
멜로디처럼 탄식처럼 전류가 헛되이 흐르다 멈추는 이유

부서진 계단을 지나
유리 조각 박힌 꽃담을 지나
물은 오늘도 흘러간다

　　　　　　　　　　　　　　　　—「케미스트리」 전문

　케미스트리Chemistry는 원래 화학(반응)을 뜻하는 말이
다. 하지만 오늘날 사람들은 이것을 '케미'라고 줄여서 쓰고,
그 의미도 사람들 사이의 조화나 주고받는 호흡을 이르는
것으로 전용하고 있다. 이 시에서도 '케미스트리'는 '두 사
람', 즉 이항적 관계를 가리킨다. 정채원의 시는 이항적 관
계 자체가 핵심적인 모티프이므로 두 항이 인간이냐 아니
냐는 중요한 문제가 아니다. 하지만 시적 변주라는 차원에
서 이 시에서는 사람이 두 항으로 설정된다. 여기에서 이

항적 관계는 '두 사람'에서 시작되어 격막을 사이에 두고 있
는 "둘", "외면한 채 마주 보는 심장" 등으로 연속적으로 변
주된다. 두 사람이 있다. 그들은 "자발적으로 두 개의 원
소로 분해될 수 없는/ 물"처럼 혼합체로 존재한다. '물'은
'수소'와 '산소'가 결합하여 만들어진 '하나'이다. 그런데 시
인은 그 '하나'에서 '둘'을 인식한다. 문제는 '하나' 안에
"서로를 밀어내야만 존재할 수 있는/ 자석의 같은 극" 같은
'둘'이 공존하고 있다는 점이다. 이러한 공존은 하나이면서
통상적인 '하나'와 다르다는 점에서 이상한 공존이다. 시인
은 그것을 "결과적으로 성공하지 못한 화학 실험"에서 "한
동안 전류가 저릿하게" 흐른 정도라고 표현한다. 제대로 숙
성되기 전에 '변질'된 와인의 맛이 그러할 것이다. 이 이상한
공존에는 "화합하지 못한 이유와 결별하지 못한 이유"를 동
시에 설명할 수 있는 고차방정식이 필요하다. 화합하지 못
한다는 것은 하나가 아니라는 뜻이고, 결별하지 못한다는
것은 둘이 아니라는 뜻이니 이들 '두 사람'의 관계는 정확히
'하나이면서 둘', 그 이상의 표현을 찾기가 어렵다. 이 이상한
존재론적 '화학식'에서 '하나'를 강조하느냐 '둘'을 강조하느냐
는 오롯이 독자의 몫이다. 하지만 우리가 타인과 맺고 살아
가는 대부분의 관계가 '화합'과 '결별' 그 사이에서 행해진다
는 사실을 감안하면 이 시는 화학반응을 인간관계에 전유한
것이 아니라 인간관계를 '화학(반응)'으로 표현한 것으로 읽
어도 좋을 듯하다.

존재론적 관점에서 보면 이항적 관계는 인간의 현존 그 자체이다. 인간은 조화로운 유기체가 아니라 무의식처럼 '나' 아닌 것들, '과거—기억'이나 수시로 떠오르는 상념처럼 존재의 항상성을 위협하는 이질적인 것들을 포함한 다양체라는 점에서 그러하다. 그것은 '물질'과 '비물질'의 관계처럼 대칭적 관계로 말해질 수도 있지만, 본질적으로는 모든 개체가 고정된 사물이 아니라 끊임없이 진동한다는 특성에 비롯되는 것이다. "멀리서 보면 한자리에 못 박힌 꽝꽝나무도/ 잎새 계속 뒤척이는 것이다/ 울렁거리는 것이다"(「얼음도 1초에 수백 번 춤춘다」) 같은 구절이 대표적이다. 사물의 경우만이 아니다. 인간 또한 동일한 정체성을 유지하는 불변의 존재가 아니라 상황에 따라, 혹은 관계의 성격에 따라 새로운 가면(persona)을 바꿔 쓰는 유동적인 존재이다.

한편 시인에게 시작詩作은 일종의 수동적 행위로 이해된다. "내가 찾는 자루도 내가 이 세상 떠나는 날까지 어디선가 나를 자꾸 부를 것이다 밤마다 말똥만 한 자루 남겨 놓고 떠날지라도 쉬지 않고 내게 말을 걸어올 것이다 나는 이따금 그 말을 받아 적는 것으로 타는 갈증을 달래며 산다"(「자루는 없다」)라는 진술처럼 시인에게 글쓰기는 타자의 '말'을 받아 적는 행위이다. 시인은, 존재한다는 것은 타자('다른 별')의 주위를 맴도는 것이고, 쓴다는 것은 "그의 한숨과 눈썹 표정을 받아쓰기"(「홀로 아닌 홀로」)하는 것이라고 말한다. 그리스의 철학자 루

크레티우스에게 우주가 원자들이 비처럼 쏟아지는 세계였다면, 시인에게 우주는 모든 것들이 다른 존재의 주위를 도는 거대한 공전의 세계라고 말할 수 있다.

정채원의 시에서 타자적 존재는 '나'의 바깥에만 존재하는 것이 아니다. 그는 '나'를 하나의 복합적 존재, 그러니까 내부에 타자적 존재가 이미−항상 공존하고 있는 존재로 인식한다. 따라서 타자의 '말'을 받아 적는 행위를 '나'의 외부에 존재하는 어떤 대상의 소리에 귀를 기울이는 것으로 한정할 필요는 없다. 이전 시집들에서 이러한 문제는 '얼굴'의 이미지로 구체화되었다. 가령 시인이 "실루엣만 남은 얼굴들/ 구겨진 마스크처럼 쓰다 버린 내 얼굴들/ 셀 수 없는 얼굴들이 출몰하는 변검의 밤"(「짝눈 2」)이라고 말할 때 '얼굴'과 '마스크'는 '나'의 내부에 존재하는 다른 얼굴들이다. 흥미로운 것은 이 페르소나persona들이 항상 '밤'에 출몰한다는 사실이다. 낮이 이성이 지배하는 세계라면, 밤은 감성 혹은 무의식이 지배하는 세계이다. 낮이 노동의 세계라면, 밤은 유희의 세계라고 말할 수 있다. 『오디세이아』의 한 구절처럼 밤은 낮 동안 짠 수의를 다시 푸는 이완의 시간이다. 글쓰기에 대한 모티프를 함축하고 있는 「얼음도 1초에 수백 번 춤춘다」에서 시인이 "자정이 넘어서야 너는 나타날지도 몰라"라고 말하는 이유도 여기 있다. "네 찢어진 상처에 덧대고 꿰매는 밤"(「넝마주이 사랑법」)이라는 진술 역시 마찬가지이다. 여기에서 '밤'은 낮 동안 만들어진 상처를 꿰매는 치유의 시간으로 제시된다. 다음의 구절은 글쓰기에 대한 흥미로운 진술을 함축하고 있다.

내가 잠들면 너는 깨어나

오래된 서랍을 열고 꽃을 피운다

네가 쓰러져 있는 동안

나는 잠시 맑은 정신으로 창문을 닦고

책상 앞에 앉는다

—「넝마주이 사랑법」 부분

이 시에서 '나=넝마주이'는 시간을 줍는 사람으로 그려진다. 이때의 시간이란 기억, 상처 같은 것으로 이해할 수 있다. 문제는 '나'와 '너'의 관계이다. 시인의 진술에 따르면 '나'와 '너'는 정반대로 움직인다. '나'가 잠들면 '너'가 깨어나고, '너'가 쓰러져 있으면 '나'는 맑은 정신으로 창문을 닦는다. 편의상 이 시에서의 '너'를 '나'의 안에 존재하는 타자성, 또는 무의식이라고 읽을 수 있다. 일찍이 모리스 블랑쇼는 주체의 죽음, 즉 우리가 침묵하는 동안에만 타자가 말할 수 있다고 썼다. 마찬가지로 이 시에서도 '나'는 '너'가, '너'는 '나'가 활동하지 않을 때에만 활동한다. 여기에서 시간의 넝마를 주워다 상처를 꿰매는 행위가 시작詩作이라고 말한다면, 그것은 '이성-노동-의식'의 행위가 아니라 '감성-유희-무의식'의 행위일 수밖에 없다. 이것은 쓰기의 주체가 '나'가 아니라는 것, '나'는 "내 우심방 안에 잠깐 머물다가/ 어디론가 흘러가 버리는 너를", "맥박보다 더 여리고 숨이 짧은 너를/ 어떻게 하면 냉동 보관 할 수 있을까"(「얼음도 1초에 수백 번 춤춘다」)를 고민하는 주체일 뿐이다.

직립보행을 시작한 오스트랄로피테쿠스 중 발굽이 있는
돌연변이들이 살아남아 후손을 이은 게 시인이 되었다. 단숨
에 수천 년 전 풀밭으로 달려가기도 하고, 떠나간 애인의 가
장 깊숙한 우물까지 숨어 들어가 보기도 하지만

발굽을 숨긴 채
끝 모를 만장굴을 키우는 자들

동굴 밖으로 나가려고 동굴 속으로 더 깊이 들어가며 손
톱으로 긁은 벽화가 더러 발견되기도 한다. 불긋한 핏자국
같기도 한 그것.

제 안에 키우는 동굴 속, 이따금 빗물이 스며드는 날이면
어디론가 끝없이 달려가는 발굽 소리 들린다. 뜻 모를 신음
소리만 내는, 얼굴도 본 적 없는 괴물에 대한 두려움 때문에
시詩라는 신神을 만들어 냈다고도 하는

꿈보다 수상한 해몽이 있다.
——「진화론 P」 전문

시집의 마지막에 배치된 「진화론 P」는 고고학적 형식으로
발화된 '시인−존재론'이다. 이 학설에 따르면 시인은 "발굽
을 숨긴 채" 자신의 내부에 "끝 모를 만장굴을 키우는" 돌연변
이들이다. 그들은 제 안에 각자의 동굴을 갖고 있으며, 동굴
벽면에 비친 형상을 통해서만 세상을 인식한다. 이성의 진리

를 숭배하는 자들은 세상을 정확히 보기 위해서는 동굴 밖으로 나가야 한다고 주장하지만, 시인들이 알고 있는 동굴 밖으로 나가는 유일한 방법은 "동굴 속으로 더 깊이 들어가"는 것이다. 동굴이 없다면, 그리하여 '낮'의 세계에 내던져진다면 그들은 더 이상 시인이 아닐 것이기 때문이다. 일설에 따르면 시인들은 특정한 시간, 조건, 상황과 마주하면 "뜻 모를 신음 소리만 내는, 얼굴도 본 적 없는 괴물"이 내는 발굽소리를 듣는다고 한다. 이것은 타자의 목소리이다. 시인은 시詩가 이 두려움을 극복하기 위한 목적에서 만들어진 것이라고 주장하지만, 어쩌면 그것은 '괴물'의 소리를 받아 적은 것인지도 모른다. 모리스 블랑쇼에게 문학의 발생은 후자와 연결된다. 시인 또한 어딘가에서 자신의 글쓰기를 가리켜 "나는 이따금 그 말을 받아 적는 것으로 타는 갈증을 달래며 산다"(「자루는 없다」)라고 고백한 적이 있다. 분명한 것은 시詩가 우리의 내면에 존재하는 '괴물'과의 관계 속에서 탄생했다는 것, 그리고 우리의 내면에는 정체를 알 수 없는 '괴물(타자)'이 살고 있다는 사실이다.